The Woodcutter's Gift
El regalo del leñador

By/Por Lupe Ruiz-Flores
Illustrated by / Ilustraciones de Elaine Jerome
Spanish translation by / Traducción al español de Gabriela Baeza Ventura

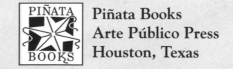
Piñata Books
Arte Público Press
Houston, Texas

Publication of *The Woodcutter's Gift* is funded in part by grants from the city of Houston through the Houston Arts Alliance, the Clayton Fund, and the Exemplar Program, a program of Americans for the Arts in collaboration with the LarsonAllen Public Services Group, funded by the Ford Foundation. We are grateful for their support.

La publicación de *El regalo del leñador* ha sido subvencionada en parte por la ciudad de Houston a través del Houston Arts Alliance, el Fondo Clayton y el Exemplar Program, un programa de Americans for the Arts en colaboración con el LarsonAllen Public Services Group, fundado por la Fundación Ford. Agradecemos su apoyo.

Piñata Books are full of surprises!
¡Piñata Books están llenos de sorpresas!

Piñata Books
An Imprint of Arte Público Press
University of Houston
452 Cullen Performance Hall
Houston, Texas 77204-2004

Ruiz-Flores, Lupe.
    The woodcutter's gift = El regalo del leñador / by Lupe Ruiz-Flores ; with illustrations by Elaine Jerome ;
  Spanish translation by Gabriela Baeza Ventura.
       p. cm.
    ISBN-13: 978-1-55885-489-5 (alk. paper)
    I. Jerome, Elaine. II. Title. III. Title: Regalo del leñador.
    PZ73.R833 2007
    [E]—dc22
                                                                                        2007061478
                                                                                        CIP

♾ The paper used in this publication meets the requirements of the American National Standard for Permanence of Paper for Printed Library Materials Z39.48-1984.

7 8 9 0 1 2 3 4 5 6   0 9 8 7 6 5 4 3 2 1

In loving memory of Gilbert Flores
—LR-F

To the communities of the world, may they grow ever closer together in love and understanding
—EJ

Con cariño a la memoria de Gilbert Flores
—LR-F

Para todas las comunidades del mundo, que se unan en amor y comprensión
—EJ

On a stormy night, a violent thunderstorm blew in and knocked down the giant mesquite tree that stood in the town square. After the storm, all the neighbors, who rarely spoke to each other, came out of their houses and gathered around the enormous tree that was blocking the main street.

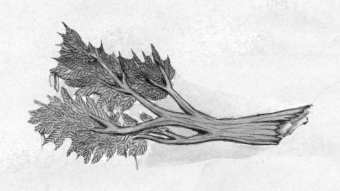

En una noche lluviosa, llegó una fuerte tormenta y tumbó el gran árbol de mezquite que estaba en la plaza principal. Después de que pasó la tormenta, todos los vecinos, que muy pocas veces se hablaban, salieron de sus casas y se reunieron alrededor del enorme árbol que obstruía la calle principal.

"That tree is dead. Let's get rid of it," remarked the storekeeper as he poked at it with a stick. He looked up to see what the others thought.

The crowd muttered in agreement.

"Yeah," said the house painter. "I'll bring my saw and cut it into little pieces."

"No. Wait," the gardener said. "Let's ask the woodcutter Tomás what he thinks we should do."

—Ese árbol está muerto. Vamos a deshacernos de él, —dijo el tendero al picarlo con un palo. Volteó a ver a los demás para saber qué opinaban.

La gente murmuró afirmativamente.

—Sí, —dijo el pintor de casas—. Traeré el serrucho y cortaré el árbol en trozos pequeños.

—No. Esperen, —dijo el jardinero—. Preguntémosle a Tomás, el leñador, qué debemos hacer.

"Tomás," said the gardener, "what should we do with this tree?"

"This rough and ugly mesquite is only good for one thing: firewood," said the grumpy painter.

"No, no," the woodcutter said, moving closer to the tree. "Don't destroy this good tree."

—Tomás, —dijo el jardinero—, ¿qué debemos hacer con este árbol?

—Este áspero y feo mezquite sólo es bueno para una cosa: leña, —dijo el pintor gruñón.

—No, no —dijo el leñador acercándose al árbol—, no destruyan este buen árbol.

"What are you going to do with it?" the crowd asked.

The woodcutter paused, deep in thought. "This tree *could* belong to everyone."

"How can one tree belong to everyone? Not possible."

The woodcutter just grinned and replied, "It's a surprise. You'll see."

The next day the neighbors watched from a distance as the woodcutter split the tree into huge blocks. Then the men helped him haul the large pieces to his home.

—¿Qué piensas hacer con él? —preguntó la gente.

El leñador se detuvo, concentrándose. —Este árbol *puede* pertenecernos a todos.

—¿Cómo puede un árbol ser de todos? No es posible.

El leñador sonrió y contestó: —Es una sorpresa. Ya verán.

Al día siguiente los vecinos observaron desde lejos cómo el leñador cortaba en dos los grandes trozos de madera. Los hombres después le ayudaron a cargar los pedazos más grandes a su casa.

Day after day, the townspeople watched as woodchips flew into the air like sparks from a fire as the woodcutter carved and chipped and whittled the wood.

"My dad says that ugly mesquite is only good for barbecues," one young boy said as he watched from the other side of the fence.

"Ah, but he's wrong," the woodcutter replied. "The beauty of this tree is not on the outside but on the inside."

Día tras día, los vecinos miraban volar pedacitos de leña en el viento como destellos de fuego mientras el leñador cortaba y labraba y tallaba la madera.

—Mi papá dice que ese mezquite feo sólo es bueno para las barbacoas —un niño pequeño dijo mientras observaba por detrás de la cerca.

—Ah, se equivoca —contestó el leñador—. La belleza de este árbol no está por fuera sino por dentro.

Every day the curious neighbors went to watch the woodcutter work. They talked and laughed and wondered what he was doing.

"What are you making?" they kept asking him.

"Be patient," he would say and continue with his work.

One day, the woodcutter moved the chunks of wood inside his woodshed. Children peeked through the knotholes in the wall, but they couldn't see anything. The woodcutter worked every day until the sun went down. And every night, he locked the shed.

Todos los días, los vecinos curiosos salían a ver al leñador trabajar. Hablaban y se reían y se preguntaban lo que estaría haciendo.

—¿Qué está haciendo? —preguntaban.

—Tengan paciencia. —Decía entre dientes y continuaba trabajando.

Un día, el leñador movió los bloques de madera a su taller. Los niños miraban por los agujeros en la pared. Pero no podían ver nada. El leñador trabajaba todos los días hasta que se oscurecía. Y cada noche, cerraba el taller con candado.

Finally, the woodcutter rang the big, rusty bell hanging on his porch. He had never done that before.

CLANG! CLANG! CLANG!

Everyone rushed over and gathered outside the woodcutter's house.

"What's happening? Why is the bell ringing?" they asked.

"Follow me," the woodcutter said, and he led them to the woodshed. "Now close your eyes and don't open them until I tell you."

The big woodshed door swung open. CREEEAAAK.

Finalmente, el leñador hizo sonar la gran campana oxidada de su galería. No lo había hecho antes.

¡TALÁN! ¡TALÁN! ¡TALÁN!

Todos salieron corriendo y se reunieron frente a la casa del leñador.

—¿Qué sucede? ¿Por qué suena la campana? —se preguntaron.

—Síganme, —dijo el leñador. Los llevó a su taller—. Ahora cierren los ojos y no los abran hasta que yo les diga.

Abrió la puerta. Chirríííí.

"Open your eyes now," the woodcutter said with joy.

The townspeople opened their eyes and gasped.

"You see? I made a zoo for the children to enjoy," the woodcutter said proudly.

Life-sized wooden animals stood before them inside the shed.

"Wow! Yeah! Hurray!" the children shouted as they jumped up and down with excitement.

—Abran los ojos —dijo el leñador con alegría.

La gente del pueblo abrió los ojos. ¡Quedaron boquiabiertos!

—¿Ven? Hice un zoológico para que los niños lo disfrutaran —dijo el leñador con orgullo.

Adentro del taller había animales de tamaño real frente a ellos.

—¡Qué sorpresa! ¡Bravo! ¡Hurra! —los niños gritaron, saltando con júbilo.

"This is a giraffe," squealed one little girl in delight as she stroked the giraffe's long neck.

"And there's a zebra over there," said another girl.

"Look, a lion and a tiger," one boy said as he ran his hand across the lion's mane.

"A turtle!" a little girl cheered as she counted the squares on the turtle's shell.

Even the painter couldn't believe his eyes. "Tomás created a spectacular zoo from that dried-up old mesquite tree."

—Ésa es una jirafa —exclamó una niña pequeña al acariciar el largo cuello de la jirafa.

—Y allá está una cebra —dijo otra niña.

—Miren, un león y un tigre, —dijo un niño al pasar su mano por la melena del león.

—¡Una tortuga! —dijo una niña pequeña mientras que contaba los cuadros en el caparazón de la tortuga.

Hasta el pintor no podía creerlo. —Tomás hizo un zoológico espectacular con el viejo y seco árbol de mezquite.

Everyone helped carry the animals one by one to the town square.

"These animals still need a coat of paint," the woodcutter said. "They're not finished yet."

"Can we paint them?" the children begged as they circled around the woodcutter.

"Of course," he replied, scratching his head. "as soon as I get some paint."

"Wait. We'll get the paint," said the neighbors, rushing home. They returned with an odd assortment of leftover paint and paintbrushes.

Todos ayudaron a llevar los animales uno por uno a la plaza.

—Estos animales necesitan una capa de pintura —seguía diciendo el leñador—. Aún no están terminados.

—¿Podemos pintarlos nosotros? —los niños pidieron a gritos alrededor del leñador.

—Claro que sí —contestó rascándose la cabeza—, cuando consiga pintura.

—Espere. Nosotros traeremos la pintura. —dijeron los vecinos y corrieron a sus casas. Regresaron con una extraña variedad de restos de pintura y brochas.

Everyone gathered in the square to paint the animals. When they finally finished, they giggled at the orange giraffe with the brown spots, cherry red lips, long black eyelashes, and bright blue hooves. They laughed at the turtle with the pink and green squares on its shell. They pointed to the yellow and purple stripes on the zebra.

"I couldn't have done a better job myself," said the woodcutter, smiling.

To celebrate, the townspeople had a big party in the square. The adults watched the children play in the zoo. They painted brightly colored booths and decorated them with giant paper flowers in red, blue, green, yellow, and purple. Everyone enjoyed snow cones in rainbow colors.

Todos se reunieron en la plaza para pintar los animales. Cuando terminaron, se rieron al ver a la jirafa color naranja con manchas cafés, labios rojo cereza, largas pestañas negras y pezuñas azules. Se rieron de la tortuga con los cuadrados rosados y verdes de su caparazón. Señalaron las rayas amarillas y moradas en la cebra.

—Yo no lo podría haber hecho mejor —dijo el leñador, sonriendo.

Para celebrar, la gente del pueblo hizo una fiesta en la plaza. Los adultos observaron a los niños jugar en el zoológico. Decoraron puestos con colores brillantes y con flores de papel rojas, azules, verdes, amarillas y moradas. Disfrutaron de raspas con arcoiris de colores.

A few days later, men dressed in suits and ties came to talk to the woodcutter. The curious neighbors gathered outside his house. A short while later, the woodcutter came out and addressed the crowd.

"These gentlemen from the city want to buy the zoo for the museum. They say it's a work of art," he said, smiling sheepishly. Tomás had never thought of himself as an artist.

Uno días después, unos señores vestidos de traje y corbata vinieron a hablar con el leñador. Los vecinos se reunieron frente a la casa. Después de un rato, el leñador salió y habló con ellos.

—Estos señores de la ciudad quieren comprar nuestro zoológico para el museo. Dicen que es una obra de arte —dijo, sonriendo tímidamente. Jamás se había considerado un artista.

Everyone was quiet. Then a little boy asked sadly, "Does that mean we'll lose our zoo?"

The children were ready to cry. Would their zoo be taken away?

The woodcutter looked at the crowd. "Look at how our zoo has brought us all together," he told the men in suits. "The zoo belongs here. It's not for sale. But I will donate one piece to the museum so others can enjoy it, too."

All the people cheered. The children jumped up and down. Everyone formed a circle around the woodcutter. They celebrated. They danced.

Todos se quedaron en silencio. Un niño pequeño preguntó tristemente —¿Eso quiere decir que vamos a perder nuestro zoo?

Los niños estaban a punto de romper a llorar. ¿Les quitarían su zoológico?

El leñador miró a la gente. —Fíjense cómo nos ha unido nuestro zoológico, —les dijo a los hombres de traje—. El zoológico debe permanecer aquí. No está a la venta. Pero donaré una pieza al museo para que otros también la disfruten.

La gente empezó a aplaudir. Los niños brincaron de alegría. Todos formaron un círculo alrededor del leñador. Festejaron. Bailaron.

By the time it got dark, everyone was exhausted. That night, the children slept so soundly that they did not see Mr. Giraffe stretch his long neck and snap a leaf from the tree. They did not catch Mr. Lion's curly mane blowing gently in the breeze as he yawned. They missed seeing Mr. Zebra's purple and yellow stripes swirl as he pranced around the yard. And no one saw Mr. Tiger's tail swish back and forth as he swatted a fly. No, no one saw the special magic that filled the air that night. They were just happy knowing that the woodcutter's gift would still be there in the morning.

Cuando oscureció, todos estaban agotados. Esa noche, los niños durmieron tan profundamente que no vieron al señor Jirafa estirar su largo cuello y cortar una hoja de un árbol. No vieron la melena del señor León volar suavemente en la brisa mientras él bostezaba. Se perdieron el remolino de rayas moradas y amarillas mientras el señor Cebra hacía cabriolas alrededor de la plaza. Tampoco vieron al señor Tigre mover su cola hacia atrás y adelante para espantar una mosca. No, nadie vio la magia especial que llenó el aire esa noche. Todos estaban felices con saber que el regalo del leñador estaría allí la mañana siguiente.